有三生
昭和十九年十二月廿八日

歌　集

ララン草房

橋本德壽

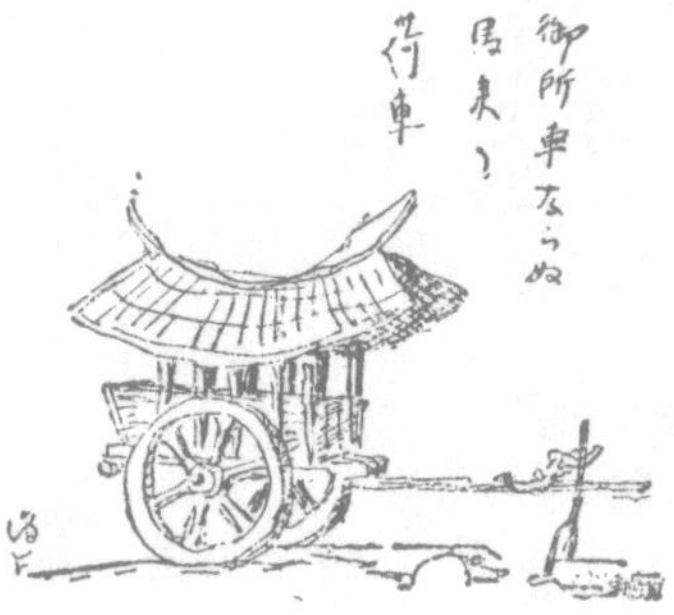

現代短歌社

目次

第一部

第二部

歌集

ラランン草房

羅鸞

第一部

念　願

開戦とともに渡南のねがひおさへ難く各方面に運動す。

むざむざとわれはゐがたしほのほだつ心は衝かるきのふもけふも

ひたぶるにくだけ散りたる肉体のひとつ思ふだに在りがてなくに

全日本の海岸線よりひびき来る鎚の音こそ心とよむに

世にたちてひと筋と来し船つくりわれにわざあり活きよこのわざ

わがよはひなほいくばくか船を造りつくり造らむかへり見はせず

海上日出

念願かなひて、昭和十七年五月二日東京出発、五日大洋丸乗船宇品港出帆、八日十九時四十五分東支那海を航海中米潜水艦よりの魚雷三発命中、一万五千噸の巨体まもなく沈没す。闇中の海上にボートにてわづかにのがれ、一夜風浪とたたかふ。駆逐艦に救助されたるは翌九日の十時なり。激浪にもまるること十四時間、乗員千五百名のうち、助かりしは約五百名、十日長崎にひそかに上陸、十二日いつたん帰京す。

ただよへる海しらじらとあけきつつよみがへるわが命を感ず
浪のなかにくらき夜はすぎてまことわが命ある目にをろがむ朝日子
のぼる日に照らしださるる浪のうへただよふははた人かむくろか
海のうへに朝日子のぼる人の世のなべてむなしくよろこびもかなしみも
朝日子はわれの命といまのぼるあかあかとわが大海のうへに

潮にむせびつつつひの希望を捨てざりし海よりただに太陽のぼる

天たかくのぼりゆきつつ朝日子に東支那海の浪なぎきたる

波のうへに捨てしボートのただよふを見つつしゐるに遠ざかりゆく

かたはらに重ねられたるいく人のむくろを見つつわれは粥すする

端艇の底うちあげし浪の音あるまどろみによみがへり来も

わが家に目ざめしはわれか切実に声をむさぼる雀のこゑを
乾麺麭《かんぱん》をひとつのこしてしまひたる刹那の心をふりかへりみる

東支那海よりかへりて

斎藤茂吉先生に一首

海のそこにふかくしづみし暁紅、寒雲、白桃を惜しむ先生のまへに
あゆみゆく鋪道に苔のいろ青しおほけなき日の光にあゆむ

こみあへる電車にからだもまれつつ生きかへり来しいのちかと思ふ

浜木綿のあつき葉うらをのぼりゆくまひまひつぶりしましくは見つ

阿蘇山になくももどりの声きこゆはるけくぞ思ふわが来しかたも

娘らのかひな六本なびきあへりいきてかへりし家におぼれぬ

天爾乎波《てにをは》の一字にいのちかたむけし日もまことにて思ひかなしも

東支那海に生きたるわれをわが友ら撫でまはすごとこもごもよろこぶ

亡きわれの四十九日とかぞへつつ豆腐食ひをり肌ぬぎとなりて

時ありて生きながらふといふ文字をわれに罪あるものと読みたり

いきしにをこえてふたたび行くわれにともに死なむといふ船匠あり

殉職広告の同じ文章を日毎読みつつ発つ日近づく

咲きつぐはあぢさゐざくろ夾竹桃擬宝珠も見ぬ発つ日待ちつつ

ペン置きてわれはききをり娘らのあらそふ声はひびきてきこゆ

君が代の合唱のこゑなほあたらし生きたるわれは怯懦にありしや

死にたる人を心すなほにともしみぬ青山斎場をわれはいでつつ

この家にわが声ひびきしまひこめし酒の道具を妻とりいだす

このあした水かへたればしづみきりし毬藻のうかぶ家にわがあり

わが庭の実生の欅あをあをとすきとほるまでの瑞枝をのばす

あざやかにあかつきの夢にかへり来し沈みゆくまへの船の火柱

ざくろの花一輪あかき庭をながす豪雨あがりぬ荷造りをへぬ

庭一面のどくだみの花に雨ふれりわれたちゆかむこのしづけさより

天地のまにまに生きてまたゆくもあるいは老醜がはじまるらむか

再び海を南して

昭和十七年七月十三日東京出発、十七日昭浦丸に乗船宇品港出帆、八月八日シンガポールに上陸す。

老いづきていでゆくわれか日本の赤児のこゑをしみてききをり

仏壇にゐやしいでたつ大海に水づきただよひし国民服を着て

父よ母よ姉よみ仏むかへむと麻《を》幹《から》焚く火をまたぎいでたつ

あはあはとわれはいでゆく勇躍といふ語はいかなる感情をふくむにや

途中よりひとりかへりて送らざりし妻は最後に笑顔をむけぬ

広島にて船を待つこと三日

出帆はあすかその夜か宿にゐて日にいくたびとなく水をあぶ

昭浦丸は六千八百噸の貨物船なり

人と荷物とごつたごたのなかに人いきれ汗そのままの息を吸ひ吐く

うだりつつみな食減りて青潮に惜しきばかりの白き飯を棄つ

海をゆきつつわれねがふなり娘らよ平凡にして素直なる世を

艙口蓋板の蓆のうへによこたはり月おそき夜はよくねむるなり

むらがりてあつき飯食ふ数百の肌ふきいづる汗にむせつつ

息ぐるしく甲板にのぼり泥海のしぶきをあびてまた船艙にもぐる

舟山列島に颱風を避く

磁針を木箱のうへに見つめをり舟山列島にむかふにやあらむ

朝もやのなかにいただきまろき島かつづけり山にかもあらむ大陸の山か

十七、八メートルの風吹きさらす甲板に演芸大会の浪花節の声

泥海をなぐりてはしる颱風の一瞬音をたてぬときがあり

錨をひきずりて流れゆきつつあはやこすらむばかりに岬をかはす

ある夕べ突如潜水艦の襲撃をうく、わが船団（二隻）よく防戦して、ことなきを得たり。

砲弾の水煙爆弾の水柱見ほるるわれは裸体のままなり

日記をひきちぎりかくしに押しこみぬあとはすべてをあきらめむ

救命胴衣をつけ鞄行李を一瞥すなにもそのままにかけあがりたり

五人の名をかたみに呼ばひかたまれる艙口のうへに満月照れる

死にどころ死にどきといふもおほなれや四十九年をわれは生きて来ぬ

航海をつづく

艙口より降りこむ雨を見つつをりて尺平方よりわれうごかれず

飯場《はんば》のごとき船艙に蒸され揺られゐる父なるわれをあに思はめや

立つたびに頭を打つ船艙にいねゐつつ網結《いがく》る蜘蛛を横になれば見る

飯をかくすばかりに黒き蠅のむれも食ふところのみ追ひてことたる

眺めゐる海藍藍とさびしくして手摺のわが手に視線はうつる

海をゆきてただむざむざとあるときに金平糖百二十グラムの配給をうく

艙口をとぢたる艙内におもむろに風信帖灌頂記を習字する者あり

一瞬もとまることなき機関《えんじん》のちから単純にしておそれしむ

円座つくりしやがみあぐらゐ立膝にばたばたと三分間ほどにて飯をはる

飯道具を洗ふ行列甲板の列を見るだに汗ふきやまず

鋼甲板に積みたる筏のあひだより芽ぶけるは麦かなびくよその青

人数にはるかに足らぬ筏の数をわれはひそかにかぞへ知りをり

便所のあいてゐるとき顔あらふ水のあるときこのうれしさを告げやらましを

ある夕べ見まがふ雲を島といへば誰も彼も島島といで来る

青山をたぎちゆく水の音きこゆ蒸す船艙にいねつつきこゆ

わが船とゆきかはしたる船団ありたち去りがたし見えなくなるまで

わが顔をいく日鏡に見ぬことか下目をすればひげ白く見ゆ

荷にもたれ船のゆるるにゆれゐつつ鋏にてつむ頬のひげあごのひげを

われよりも老いて単身ゆく君が春菊の種子をわけてくれたり

更にあるとき潜水艦発見の警報船内に鳴りわたる。

わが心すでにさだまりをれれどもいざといふときの肌着に名刺を入る
命ひとつすつると思へばこころやすし救命胴衣をしづかに引きよす

海路をクワンタンに行く

かたむけて海うつ音よスコールが海たたく音を海のうへにきく

暑き日は海にかたむく日本は秋と思ふだにこころたへがたし

夜の海に鋭《と》きいなづまははかなきほどにたまゆらにして黒き島を見す

ゆれ進むくらき夜なかに水筒の栓を手さぐりに水すこしのむ

浅瀬にのりあげゆられつつ見るクワンタンの山は大磯の山ににたるかな

コタバル戦趾詠

渦まきて渚にあかき鉄条網はゆけどもゆけども何百里もつづく

地に匐ひて砂を嚙み嚙みせまりたる兵の闘魂は砂にしみをらむ

ココ椰子のすぐなる幹の弾痕に蕈《きのこ》はえたり黄にあざやかに

日本兵のかばねを焼きし炭のかけひろへば軽しあはれ消炭

ま日つよき荒砂浜にややたかし冢《つか》ともいへずやや盛れる砂

冢《つか》のうへにはひのぼりたる昼顔の花あざやかにいたきまで白し

ビール壜にたづさへ来たる水をあげうづくまりたり何もなき冢のまへ

右足の軍靴のなかに骨しろし蟻二三匹はひまはりつつ

ばらばらに乱れ散りたる骨のくづ敵か味方かしろし日に照る

しらしらと日に照る臑《すね》か骨ながし頭蓋は思ひたるよりもちさく

身をかがめ脊骨あたりの骨片と信管とをひろひかくしに入れぬ

この骨のたらちねの母も世にありて乳房をふくむ頭を撫でしもの

敵味方かさなりあひてたふれしと言にはやすし散らばる骨骨

屑となり骨は散れれどスコールに魂よみがへりものをいふにや
浪のなかになかばしづみしトーチカは潮をふきあぐ機銃眼より
泰国の山かさなりてふたつ見ゆきびしきまでにしづかなる海に
ケランタン川口にむかひ沖べより赤き帆の船ただひとつのみ
何花か浜防風ににたる花ふみにじられてまた咲きし花

あげ潮のひきたる線にのこされし貝おびただしみなちさき貝

貝ふみて音たのしめどこころ燃ゆ月あかかりし敵前上陸の夜の海を

たたかひのきびしきさまもつひにさびし椰子の汁をのむその樹のかげに

十二月八日を迎ふ

北東にむかひて最敬礼をしぬかしこけれども大君こほしも

君が代をこゑはりあげてうたふこゑもろ声のなかにおのが声きこゆ

南方造船詠

現地に即せる設計に変へざるべからずとわが声激す参謀らのまへに

日本型漁船の能《のう》のよきところ説けばたかぶる活きよわが代に

松檜杉の赤身の感触をなつかしみつつチンガイ材の強度をはかる

直線型角型への転換をわれは押しきらむ勇猛心をもつて

いにしへの船たくみらが達したる鋭き勘を思ふひそかに

木の釘とあなどる参謀に実物を打ちてぞしめすチンガイの木釘を

老眼鏡をかけて製図する日のつづき心きほひつつ疲れふかしも

わが心みづみづしきに老いゆくかまなこはまことわれにあらじか

脱ぎ得ざる殻《から》のかたきを脱ぎとげし新設計を人人よ見よ

三十余年ひと筋と来し木船がおもてに立ちし世にあひにけり

造船用木材調査のために密林に入る、五首

二三種の木の葉を手帳にはさみたり見あぐる空をとざす樹樹の葉

ボケゴウの密林ふかしじめじめと朽ちゆく落葉のあつみを踏みゆく

枝まがり根まがり材をもとめゆくわれをめがけて落ちくる蛭蛭

ジャングルにて炊きたる飯はあざやかに白くかがやく芭蕉葉に盛れば

刻刻に危険せまりつついひがたしまだなまなましき野象の糞の山

クワンタン川岸に敷地十六万坪、船台四十四台従業員七千五百
名の大造船所を設営す。

椰子林に船台の土をかためつつわが四十九の年ゆかんとす

マングローブをひたしながるる川波のひかり見るだに家おもはしむ

川水を押しあげきたる満ち潮に大鋸屑《おがくづ》しろく夕ぐれんとす

木麻黄《もくまわう》の松葉ににたるほそき葉が二三本散れる机にかへり来ぬ

起工式（龍骨据付）を行ふ、三首

わがうたふ君が代にこゑをあはせゐる声きこゆ華僑造船工の列より

龍骨にそそぎたる日本酒ののこりを飲み五月一日白き昼に酔ふ

二つづつ餅をあたへぬ貰ふすぐむしやむしやと食ふ原地人少年工

シンガポールより著きし支那人船匠に老いたる母をともなへるあり

原地人がかくる掛声におのづから一二三《サトドアチガ》とわれもあはせをり

手の甲にあらはれそめし染《しみ》を見つ強き日焼にあらざる染を

参謀らは二言目には不可能を可能とせよとわれを激励す。二首

不可能を可能とせよといふ訓辞批判などいましてはをられず

精神力はさもあらばあれ労働総力算数は単純にしてきびし

原地人工員食堂に白き飯にほひをはなつなかを見てあるく

休み時間にむれをはなれて乳のますみどり児を抱く若き女苦力《めくり》が

木材のみるみる減りてまにあはぬ貯木池におよぐ水母を見てをり

いかりやすきは熱帯病と人いへりひとりとなりてなほいかりをり

たはやすくふかくくまるる指のまたかかるところも肉うすくなりぬ

蚊を憎み夜は長靴をはきてをりあゆめばかたし裏金の音が

船に魂なしといふべしやいきいきとものをいふなり近づくわれに

わが命と墨縄うちてつくりしを終りを知らぬ船に心寄る

シンガポール日本人共同墓地

五六寸土よりのびしゴムの木は落ちたるままの種子をつけたり

荒土に落葉は何かふみあゆみゴムの葉よりもかたきその音

二葉亭四迷ねむれる石ふるしわれはよりゆくゴムの木の下を

白人の墓地ながめ来てここは貧弱なり墓地にもとより個性などはなく
歩をかへしふたたびめぐるこの墓地にわが身の墓をさがすおのれか

シンガポール雑詠

あぶらこき日ごとの食に心ゆくばかり胡瓜を食へばしづまる思ひあり

二十三時すぎていささか倦みにけるわがひとりゐに壁虎《やもり》を見つむ

鳳凰木の花あかく空に咲けれども夕べにしたをあゆむこともなし

わが庭の秋の木の葉とをさなめが送り来し楓のひと葉を額にす

何かわびしく夜をふかしつつ椅子のうへにかしこまりまたあぐらをかきつ

関門トンネルを汽車にくぐりし子の便り読みつつ見いる九州といふ文字に

ブキテマより発してわれの家のまへ流るる水は澄むこともなし

いきどほりぶちまくるごときスコールを窓べに立ちてしばらくながむ

持ち来たりし日本の鉄道時間表の駅の名を読みひと夜をすごす

寝台のうへに四角にわたす蚊帳の枠ただしき矩形をねつつたのしむ

同盟通信をもちかへり来て手の染まる一字一字を嚙むごとく読む

をさな児が泣くごとく啼く猿のこゑとなりの猿を憎むあけくれ

わが娘左千子のつくれる歌を読みぬおもひにふけるなどと歌へり

助動詞の接続法にまどひつつまどひそむればいよいよまどふ

日本の花をあまたおしたる額のなかにひと筋きよしわが庭の竹の葉

なか空に椰子のすがたがくろみゆくながきたそがれをひとりたのしむ

壕掘りて盛りたる土にたちまちに青芝しげり葉のたくましく

にんにく灸ののこりを今宵かぞへ見ぬひとすぢにこの灸にたよりつつ

雲丹のなかの捨てたる石をまたひろふ海わたり来し日本の石か

われのいまを父の晩年と書きてあるわが児の手紙ややにととのふ

正月の三日の夕べかび生えしのこりの餅をひとり食ひをり

家信きたる、三首

玄関の沓脱石にわれの下駄つねにありとふ文もよみたり

十月のくだもの林檎梨葡萄栗と書きたる文よみかへす

二十一歳になりしとなにげなく書ける娘の手紙感じ強くして読みかへさず

日本映画を見る、四首

東京の街が画面にうごきをり小娘きたる愛《かな》しわが子か

竹叢に雨ふりそそぎかたはらに蔵壁の見ゆ白き蔵壁

さざなみの光る池みづに松の枝のびたる画面須臾にすぎたり

木の葉なき林をひとり人ゆきぬあかるき冬か戦場にあらず

時にたへがたく日本を思ふ、三首

ニッポン、ノ、シキ、ト、コドモといふ文字は読むよりはやく心にこたふ

膝ひゆる畳のうへにかしこまりみぞれにぬるる石見しことありき

新刊弘報の切抜を子が送り来ぬあはれあはれ流域といふはわが歌集なり

とどこほりがちに着きつぐ青垣をかさねてしまふうすき青垣を

仏相華の葉を食ひあらす蝸牛ゆるしこしかど一気にころす

阿媽《あま》らの労務手帳を書きやるにみな父も母も在るか亡きかを知らず

わが部屋の白きてすりにまひるどき嘴《はし》あけてをれば暑し雀は

五十回誕辰、九首

五十年生き来しわれかしづかなる青年ふたり盃をあぐ

牡丹雪とくるなかより咲きみてる八重桜花よあけがたの夢か

馬鈴薯を庭に植ゑたるふみよみぬ杉をたのしみし世はすぎにけり

わが周囲若くしてみな落ちつきあり思想はげしき学生時代をすぎて

若者らこころとげゆく清し死を今日もともしむいそがしくすぎて

戦ひとともにをとめとなりにける娘らにこそあらめ新しき道が

戦ひのはげしきなかになにを食ふにやとほき家族を思ひ寝んとす

五十回誕辰といふにこだはりて何かわびしき日もすぎにけり

二十四時ややにすぐれば痛む腹にタオルをまきて蚊帳のなかにゐる

昭和十九年元旦、シンガポールにて二度目の初日を迎ふ、四首

海のうへにいまだのぼらぬ日のひかりすでにあかあかと空を焼きつつ

渡津海にいまのぼりくる朝日かげひかりといふにおごそかにすぐ

まんまんと満ちて張りたる海づらを押しわけのぼる真日のかがやき

満つる潮干る潮もなき海はらのはてよりのぼるけふの朝日子

馬来雑詠

マラッカにて、二首

たくましく稲そだつ田を走りつつ米を常食とする民族を思ふ

大いなる泉記餐館に入りたれどビーフン一皿食へば腹満つ

コーランポーにて、二首

夕ぐれの街衢の空を飛ぶ燕たかくまたひくしわが耳を擦る

日本定食あつらへて待つしばらくを雲丹のあぢはひおもひつつをり

フレーザーヒル（戦前は日本人の登るを禁ぜられたる標高四二八〇呎の避暑地なり）にて、二首

フレーザーヒルのつめたき雨のなかに立ち紅あざやかなる花のいろにむかふ

握めしの飯ぼろぼろとこぼるるを惜しみて食ひぬ山のうへの雨に

パハン州リピスにて、五首

パハン州の山あひゆけばわが靴にふれて葉をとづるねむり草のあり

虎のこゑ昨夜ききたるこの家をつつみて暮るる四方の山より

五寸ほどの蠍《さそり》のむくろつやつやとはや二三匹の蟻がつきをり

日に一度米を惜しみてタピオカの餅《もちひ》を食ひぬわれも州長官も

パハン州の山ふかき峡にもりあがる緑はわれのためにやあらむ

味噌汁を心ゆくまでのみたしとある朝いひぬひとりごとなり

馬来には蟬が鳴かぬといふ誤記を半年かかりて解決しぬ

マレー芝居の音きこゆなり子をつれて祭にゆかむ錯覚おこる

遠き病児と関連はなし数哩ひろがる瞰《み》たり油椰子の畑

山ふかきなかになにするひとつ家バナナ少しばかりまはりに植ゐつ

素足にて藁草履はきし少年のわれを恋ひゆく密林の道に

ボルネオに空を飛びて

操縦士白面の青年にしてらくらくとありいまだ地に立ちて

機体の安定感にややなれて背のび見おろす白き病院船を

軽金属製の翼のうへに鋲のかげながくのびたるしづけさも見つ

わが顔にうるさくとまる一匹の蠅を殺しぬ空を飛びつつ

蒼海にややいろ黒く島と見し雲のかげたちまちに過ぐ

ちぎりたる綿と見おろす白き雲また錯覚す天をあふぐと

たかだかと空を飛びつつ大海にかけわたしたる虹を見おろす

わがごとく奇はよろこばず操縦士積乱雲に突入せず

氷山に日のかがやくもわれは知る濛気のうへに雲ひかるなり

飛びゐつついまわれの身に生じゐる慣性能率を思ふひそかに

機上戦死のさかんなる死をねがふ身もしばしまどろむ大空のなかに

高空に撃ち墜しあふはげしさは冷静にしてつかのまなりや

梅干のたねを惜しみてなほしやぶるわが身を空のなかと思へや

海のいろややにくろしとみるみるうちにボルネオ大陸の山はしり近づく

高山を嶺すれすれに越ゆるときわが肩に機体の重さはかかる

びつちり詰めに詰めたる密林をあざやかに断《き》りて川水ひかる

密林にただにうつ浪しろけれど音きこえねばその浪あへなし

あはれあはれ空より見れば地にめづる風景はおよそ意味なきものか

あはれわが水平にものを観し五十年の概念がたちまちに崩ゆ

光りつつミリ油田の川くろし空より見れば海にとほくまで

青みどろの固体と化して見ゆる海すでにブルネイの国境を越ゆ

ラブアン島の滑走路ほそく雛型と見え高度そのままにたちまちに過ぐ

通信士笑みをる顔は大空のもなかにありてあたらしく感ず

一万三千五百尺キナバル山の胸に機翼はふるるばかりにぞ飛ぶ

青草の原はしるおのが影に機は見るみる接触してすべるその原を

ボルネオ・サンダカン日本軍墓地

鳳凰木の花散るみちをのぼり来て軍墓地に道は細し草のなか

人見えぬ草の向うに声きこゆあはれ日本のをみなの歌のこゑ

軍墓地はのぼりつめたる丘のうへおこされし土あかあかと熱く

立つ樹なくただに日の照る山のうへ細く短し五十一人の墓標のかげ

なかばにて消えたる香のまへの花赤に黄に原色のいろは濃すぎて

読みゆく墓標に戦死、 戦傷死、 戦病死とありて思ひふかしも

一柱陸軍嘱託の墓標ありかへりみぬわれも陸軍軍属

ふるさとをしるせる墓標四柱あり日本の地名読みてくりかへす

東海州ラハダツ県メラ海上に戦死せる陸軍兵長の死《しに》を思ふも

戦ひの海に死にたる陸兵あり海にたたかひてみち足りし死か

立ちならぶ灘集団の墓標のなか岡集団の兵も少しあり

『忠烈輝八紘』の木柱の影ほそくしてわがからだをあます

熱帯の日のただきす山の上の墓ここにまゐらじたらちねも妻も

整然と立ちならびたる木の墓標うまれし国のかたを見むかず

サンダカンの狭き湾口の外の海ひかりをかへすこの山のうへに

空たかく飛びくる軍用飛行機に焦点をあはす山上の墓地に

砂道にのこるおのれの地下足袋の型あざやかなり踏みつつかへる

戦ひて死にたる人らしづかなり用あるわれは街にくだるも

爪哇雑詠

シンガポールよりスマトラを経て爪哇ジャカルタに飛ぶ、六首

スマトラの上空すぎし雲のなかこころみだれのしづまりゆきつ

風孔の口をとぢてもなほ寒しいまか過ぐらむ赤道の空を

芭蕉葉につつめる飯を食うべつつのぞく機のしたに雲わきあがる

目のしたに見きはめはてずスマトラの樹海はただにしづまりてあり

パレンバンに著陸す

ジャングルがもりあがりつつかたむくや機はすべり入りぬ赤土の原に

土に濃き機翼のかげにわが入りぬ空よりくだりあつし地上は

ジャカルタにて、十四首

竹の垣つづける道のこほしければあゆみとどめず汗ぬぐひつつ

ララン草たくましき緑のなかに錆びつつ倉庫たちならびたり

さ夜なかに木の実のおつる音ききぬ殻のくだくる音をききたり

鋪装路に自動車のあぐる土ぼこりあびつつきたなしジャカルタの街

すねながき少女自転車にゆく見ればわが娘たちいま在りや亡しや

味噌汁のごとき街川に濯ぐ布つつみのうへにかわきゆく白し

沖縄のじりじり押さるる激戦にこころはづまざる食卓につく

兵站ホテルにみちあふれゐる色しろき見習士官らは内地よりの新品か

うつくしと惚るる夕べのあかき空しばらくのわが命とぞ見る

オランダの田舎に雪のつもりたる油絵をしばしたちどまり見つ

脛ながく混血をみなゆくあとよりあゆみもこほし日本少女

小都市爆撃をはじめたる今朝の記事われはうなりて読みをはりたり

義勇兵大団長らほがらかにホテル・デス・インデスに宴会をせり

この夕べしみじみ見れば南十字星の枠にかこまれしなかにも星あり

バンドンに菅野宗吉氏を訪ふ、一首

君が妻もみたりの子らもうつりゐる写真をもちてはるばると来ぬ

爪哇更紗の値におどろきてもどり来ぬ埃まくジョクジャカルタの街を

スラバヤの海にごりたりわが思ひしマヅラは低し埒なき島か

高きより見おろす黄なる田に隣り若若し風そよぐ青田あり

別れゐていよいよ老ゆるわが妻をトサリの山にしばしおもふも

大き石棚田にあまたありこの石の生きてそだちし時世もありしか

チャレム山の裾ひく浜に爪哇人らわが設計の船をつくりをり

雨のおとながらくきかず山裾のチーク林にふる雨おもほゆ

チャレム山屏風と立てるあふぎつつ朝の坂みちをしばらくのぼる

砲の音いまなき海にゆく白帆見つつしさびしそのしづけさに

テガールをすぎてひらくる海ひくし白き帆見ればこころいたしも

ややとほく山のふもとにしらじらと立ち枯らしたるチーク林見ゆ

かくやくとけふも照るらむ太陽はたちまちにして頭のうへにあり

ヒノラミン、アクリナミンを規則ただしくわれは服《の》みつつ旅めぐりをり

縄となれる襤褸をまとへるをみなごにセレクタを過ぎし山の道にあふ

朝の日はチーク林に筋なしてわがゆく道をみだすものなし

リンガヂャテの高地の村にわれは来ぬ葱の酢味噌を食はむと思ひて

降伏前後詠

一、戦局日に日に非なり。

戦争の末期、われは第七方面軍司令部（昭南軍政総監部）に属す。従来、輸送船、油槽船、上陸用舟艇などの設計、建造、監督などを仕事とす。終戦当時は高速輸送船、護衛内火艇、体当り特攻艇などに全力を注ぐ。司令官は寺内元帥、土肥原大将とつづき、終戦当時は板垣大将なりき。

落日にブキテマ黒ししづかなるいまのすがたとはに思はめや

はしりて待避する壕おいびとのわが待避壕もつともちかし

なるやうにいづれなる日も遠からじ今宵わが部屋に素馨にほふなり

アルメニアン街の軍舎に三月寝て子鼠二十余匹殺しし

もちものの整理なしつついつぱいにみだれし手紙すこし読みかへす

浅草寺に雪つもりたる浮世絵をながめゐたりしがとにかく眠らむ

飯くへる食卓のしたのわがすねをはたはたと尾にてたたく猫あり

沖縄の残波岬《ざんぱみさき》もすでに陥つ岸頭に黄の花をわがめでし岬

ヒリッピン戦車部隊のわが甥も密林のゲリラと化したるにや

針の孔に糸をとほすと眼鏡をかけくもるがらすをいくたびぬぐふ

二、突撃猛訓練

戦局逼迫と共に、全軍玉砕の態勢となり『軍属は完全なる死に方を訓練せよ』との主旨のもとに、やがて上陸し来たるべき敵戦車群に対して、刺突爆弾蒲団爆弾を抱いて体当する訓練、ならびに闇夜行進の訓練に日を送る。

眼心指《がんしんし》一致せざれば命中せずいきをとどめて引金をひく

草原を匍匐《ほふく》前進するわれの鼻のさきより蛙とびたつ

声とともに蒲団爆雷投げあぐる吾をみつめゐむ司令官板垣大将

爆雷投げて死角にがばと伏したれど生きをるわれかふかく息をす

小休止する草山の草のうへ水筒の口に風が鳴るなり

見つめつつ視力のきかぬ暗き夜に谷よりあふぐ山はなほくろし

顔よせて暗きがなかにさぐりたる手にやはらかし何か草の穂

不斉地のいばらのなかにたふれたるわれはまなこをとぢてをりにき

B29今日は来ざりし中空に月は蝕《か》けつつあめわたるなり

銃とりてたてる女兵の歯のしろし独立印度国民軍兵舎のまへに

二十円を内地に為替くむ兵あり一字一字字を書けりその老兵が

書かせたる軍事郵便を山と積み焼くを勤務とする軍属があり

重油をかけかけ雨に兵を焼くいまは心もしづまりゆきて

ニューデリーの敵放送を夜ごときくよくとほる日本のをみなの声を

共産匪を怖れつつジャングルの道走りたり帽を脱ぎ軍衣をぬぎ現地人となりて

ブキテマの高きより今一度観きすでにして壕に蛆となる腹はさだまる

勝ち負けは次第にどうでもよくなりてただひと爆《は》ぜの死《しに》を欲りゆく

三、終戦の大詔

司令部の中庭にて、降伏終戦の大詔を参謀長綾部中将より伝達されたるは、昭和二十年八月十八日なり。

君が代をうたふわがこゑすぐつまるおもひは知らじ戦死《し》にし人らは

司令部の草ふみにじりゐるこころくやしさにあらずかなしさにあらず

ほがらかとなりし現地人町をかへり来ぬ武装なき心よりどころなく

あしたより雨ふる空に日本機一機飛びをり涙とどまらず

かくも広く戦ひ得しは世界史になしと黄女史なぐさむる気か

四、シンガポール退去

英軍の命令にて、九月五日シンガポールを退去し、ひとまづジョホール州内の精神病院におちつく。

退去するわれらをながめほほゑめる英軍の俘虜が新鮮に見ゆ

歌ひつつジョホール水道をわたりたりこの水のひかりをいつかまた見む

五、移動

さらに転々と移動を命ぜらる、小屋の設営やうやく成りたりと思ふと移動の命いづ、行く先々にて眠る小屋をみづから造り、移動のたびに荷物の大半を捨つ。英軍曰く『自分たちは二十数回移動させられたり』と、あるひはその報復にや。また曰く『日本軍は健脚なり、コタバルよりシンガポールまで戦ひつつも、五十五日の実績あり』と。

敗戦といふ感じなく軍うつる荷物のなかに老いわれは立つ

共産党旗かかげ自動車はしりゆくなにはばからず軍行進の列を切る

日の丸をかかぐべからずの命もいでぬひとつひとつとあきらめてゆく

リクサック誰も彼もつくりはじめたり次の移動には靴を棄てむか

六、レンガムにて

九月十二日レンガムのゴム林に移る、ここに十一月二十七日まで置かる。わが『船舶班』は班員十二名なり、協力してララン草葺の掘立小屋を作る。

洗面器のなかにおとせばあがられぬ蠍《さそり》をさなし尾をさかさ立つ

ゴムの実は酔ふと人いふさもあらばあれ炒《い》りてすこしくわれ食ひてみむ

スコールに虫なきやめばややにしてころころころと蛙なきいづ

ゴムの葉に雨の音するさ夜なかを佇てばしづけし不寝番のわれとゴムの樹

バナナの茎ならべしうへにあぐらゐてながくかかりてわれは水を浴ぶ

サソリ座のうへなる射手座をしへられ天幕に臥せば横のままにても見ゆ

国語辞典を一語一語と読みてをりわが知る国語いくらもあらず

ララン草干して敷きたる夜のわれのよろこびは勝ちし敵知らざらむ

蝸牛を食ひて死にたる兵いでぬうましとわれもあぶり食ひにき

草原に蠅のあつまるところありいつまでここに置かるるわれか

守り札を焼く炎たつもろもろの神よ仏よこをたびし人人よ

み民われ生けるしるしと発ちて来し宇品島見ゆ樹のしげり見ゆ

現地人の野菜の種子と交換す著てゐるシャツを目のまへに脱ぎて

空に飛ぶ鳥のことなどおもはねど鳥をここに見たることなし

五体汗にとくるばかりに草を刈るこれは遊行の仮廬にあらず

あをあをとただに影なき千茅原ひかりするどくわれの脊にみつ

散髪の毛の黒くきたなくちらばれるところを避けて使役よりかへる

軍衣袴の着のみ着のままに横になる夜はただ暗し敷草のうへ

カンコンの花しろく咲く夕べ来てまうらかなしもなんといふことはなく

皮むきし蛇のしろ身が棒となりかわきあがりて炊事場にあり

こほろぎはふた声み声あるときはよ声いつ声鳴きて息をつぐ

雨ふれば床にはひのぼる赤蟻をひとつ殺しひとつ殺して飽かず

一撃にのたうつ蛇のありさまを見つめぬなんの感情もなく

夕焼空にのびしパパイヤの葉を見つつ突然に祖国といふ感情のわく

役だたぬ軍票とともに仏印かどこかわからぬ銀貨をも捨つ

なにげなくひろげしもののあひだよりわが娘らの足形いでぬ

炊事当番に一日うごきまはりゐてゴム山のしんとしづまるときがあり

山蟻のいく千万の行進に逆行する五六匹の蟻があり

密林にまよへるわれを呼ぶこゑはなにかあはれにはるかにきこゆ

わが摘みし春菊をこはしこはしといふあるいは二葉葎もまじるにや

剃りたてのわが頭にうごくゴムの葉の影を鏡にみつめつつをり

送りたるわづかの金もあはれなりき着きしたよりもときにはありにき

雷ひびきスマトラ風の吹きおこり天地晦冥たりいまだ雨ふらず

降伏軍といふ現実の身のうへを草を刈りつつ反芻しをり

七、クルアンの降伏式

連合軍より、シンガポールの南方、赤道直下の無人島、蘭領リオ群島中の一小島レンバン島に、移動を命ぜらる。十一月二十八日レンガム発、二十九日クルアン飛行場にて降伏式あり、戦犯関係のきびしき調べを受け、また所有物の検査をうけ、時計その他、意のままにとりあげらる。

思ひきりわるく捨てたるわが歌集ふみにじられて道ばたにあり

なにものにつつしむわれかもろ手にて刀をささげぬ敵将校に

とりあげしわれの時計を凝視する眼英将校の眼を見つつ去る

英兵の手をふるままにひた駆けぬ敗けたる軍にすでに意志はなく

八、レンバン島にて

十一月三十日クルアンをトラックにて出発、約三ヶ月ぶりにてシンガポールの市街を通る。その夜は海岸の鋳物工場の砂のうへにてあかし、十二月一日シンガポール出帆、レンバン島に着く。先着の部隊、道路を造り、橋架けしたる道を、海岸より二里余の地点に集結させられる。一日六勺の米のほかに殆ど配給なし、自給自足せんにも、まづ密林を拓いて耕作地となさざるべからず。住む小屋をつくらむにも約五十人に対して、歯のこぼれたる鋸一つと斧一つ以外にはなにもなし、釘もなし。過労と栄養不足に人々急激に衰へゆきたり。のちに連合軍より、極く少量のレーションの配給ありたり。

英兵が腕の時計をはづさする見てゐるのみの不寝番われ

おのが脚たのむよりなき俘虜の道針一本の重きをもすつ

降る雨は降るものとして直土にいまは寝ねんに土あたたかし

灯火なく夜はただ暗きものなれば携帯テントのしたに長まる

やみのなかに『シンガポールの朝の雨』うたへばわれに和する声あり

クワンタン河岸椰子林なる住民らよ追ひはらひたるわれをば知らじ

クワンタン沖海戦の記念柱いかがなりしやかの草原に

食ひて死ぬ者はおそらくわれならじこの草を食ひしは彼と彼とわれ

小流れの底にしづみし飯つぶを見つめてゐたり惜しきひとつぶ

海水をいくつかの水筒にくみ得たる帰りの二里は散歩のつもりなり

なまのまま食へる花びらををしへたる植物の博士人にうとまれき

わが脛の傷をなめなめはなれざる蝿あり道路づくりの使役に

花びらを食ひに来たれる密林にあそべる猿よ何を食ふにや

親指ほどの生甘藷《なまいも》を糊になるまで二時間かかりて食ひき

老の歯にしこりとこたへたるものは蛇の尾のさきよく噛みにけり

痒き脚癒ゆればただに希望なき俘虜のおのれに悩みはかへる

使役よりもどりし小屋の土に射す影をたのしむ日時計の影

籐《とう》の芽のうまきを他班にひたかくしかくし食ひたり四五日のあひだ

蜂の子を薄気味悪がる友なればうましと食ひてあからさまなり

『何々部隊所有』と書ける立樹あり見あぐればおお生れり椰子の実

この細き流れをたのみ朝はのむすぐどろどろと人の浴ぶるを

わがすねを蠅あるきをりひとところなんの感覚もなき皮膚があり

見まはりに来たる英軍将校はしづかにて眉を寄することもなし

国見山とわが呼ぶ山をみなみより流るる雲はおのがままなれや

あへぎつつ木を伐るわれを飛びめぐり高き空より敵は監視す

人におくれて重き木を負ひ立ちあがりあゆめば歩みいだす影あり

もの思はぬ生きなりながら土にゐてみみずは飢ゆることなかるべし

ぐわんぜなき人の子の声をさなごゑおもほゆるだに心ゆらぐなり

チョコレートの濃きあぢはひを思へどもチーズと換へてわれは食ふなり

九、日本へ帰還

昭和二十一年一月二十九日夕べ、突如として軍属の一部に日本へ帰還の命いづ。三十日集結地出発、三十一日駆逐艦神風にてレンバン島宝港出帆、途中給油のためマニラ港に寄り、二月十二日浦賀に上陸す。馬込の援護所に置かるること二夜、十四日朝復員式ありて解放さる。自由人となりたるわれに帰りゆくべきあてなし。家族の安否所在もわからず。こころみに妻の郷里群馬県の山峡にむかふ。上野よりの汽車にて話しかけられたる見ず知らずの人の親切を受け、一夜を高崎のその人の家に眠る。翌十五日磐戸村にたどり着きてみれば、幸運にも家族らみな無事にてそこにありき。

コレヒドールの島見つつ湾に入りゆきぬ勝ち進みゆく船ならなくに

マライ新生記念日は二月十五日にしてわれ妻子らを尋ねあてし日

還り来てわれにわからぬ言葉多しパンパン、ジープ、栄養失調

第二部

雑詠・一

荒山に寺を創めし聖さへうつつに知らずみだれゆくをしへを

速記習ふ左千子のためにぎごちなく声にいだして読む英語の本

豹の児を子供撫でゐる新聞の写真を見つつ家いでにけり

ひろはれて育ちゆく児の写真いづいづくにか親がこれを見るらむか

ま夜なかに窓のそとゆく人の声をみなはしのび泣きつつぞゆく

二十五貫の羊羹の布袋つくられぬいづこより誰の食ひそむるにや

義務として兵にとらるる世はすぎて若きはなににきほはむとすや

この国に軍馬いななくこともなく戦術も占領下に一変すらし

今よりは空気よごるるばかりなりむしあつき夜中の窓をとざしぬ

はしらせて船の速力はかりつつ雪ふる海にわれの世すぎか

潮のみて浪間に死ぬる切なさをただひとりだに告げたるはなく

アロスターの大き蛍になげかひし思ひ出もただわれひとりのもの

もろもろの樹は芽ぶきつつ戦犯者記事あるかなく殺されにけり

候補者の名をふれあるく若きらのはづめる声にわれが疲るる

組織より解きはなされし英雄にいかにかあらむ夜半の眠りの

たちまちに世はうつりゆく勝鬨もとらはれ人もともに声なく

白き羽根胸になきわれのちかづくを待ちかまへゐる女学生の顔

現地人がわれらに媚びしさま知れり米人のオフィスにいまわれはをり

今日ひと日こもらむとしてなにがなし鉛筆と消ゴムとを用意しぬ

殺しあふ世のたたかひも大海の自浄作用とすぎゆくらむか

鋲うてる日本兵の靴の音をこの国土にきくこともなし

今宵しもわが身死すれば音もなく来たりて猫は吾を見るらむか

胃のなかに青酸加里が作用するはげしきさまをひとり思ふも

勝鬨橋より川の下流を眺めたりどこより海といふ感じなく

編隊とわかれて米機大空に向きをかへつつただ一機あり

冷水に顔あらふときゆたかなり老いてのぞみもうすらぐ日日に

をさなめらじやんけんしつつ脚をだすしぐさをしばし立ちどまり見つ

ショウウインドウの新刊本の前にたち眺むるのみに慣れゆく日日か

雑詠・二

寒天がかたまりてゆくしばらくのうつつのさまをわれは見てをり

ふくらはぎ疲れて朝をなほ眠るわれのひと世もあといくばくぞ

佃煮と山と盛られし微塵なる糠蝦《あみ》といふともひとつひとつと生きし

わが塀にいばりしてゐる音きこゆむらむらとゐて妻にはいはず

あめつちと生きし太古の人ひとり貝の身を干してたくはへにけり

畳のうへ走れる蟻をつまみあぐ殺さむこころすでに消えつつ

長崎の夜をあゆみつつロンドンは更に暗しと英人いひぬ

かすかなることといふとも捩子まはしがふるく錆びつきし捩子にあひたり

押し流れ人人のぼる朝のホームに二三人のひと電車より降る

わが友の弁当の胡麻塩がなにがなしに心にのこり帰る夕ぐれ

白餅にバタ塗りてくふさきはひよ昭和二十七年の元日の朝

十字路を横断せむとをさなめがまなこをくばるそのつぶら目よ

米負ひて降るるを捕ふ人間の職務がありて壁のかげに待つ

地下室よりカレーのにほひのぼり来ぬ用すみてビルをくだりくるとき

美しきをみなといへどくれなゐのくちびるひらきもの食はむとす

をさなめがあそばないよといふ声すいはれたる児の声はきこえず

天麩羅の油も疲れゆくといふ話をおもふ帰るみちみち

おのづから枝わかれゆく冬空の欅をあふぎあゆみをとどむ

胴体は猫の腹中にこなれつつ首はのこれり子鼠のくびが

うら安き日日ならなくにいかなれや眠りにおちむわれの姿の

コンクールに脚をきそひしをとめごが帰りて母になにを語るにや

天然の猛きこの馬おのづから馴れゆくらむか人を乗するに

岳父佐藤量平翁九十四歳にて逝く、二首

わが岳父《ちち》のいまは冷えゆくからだよりあるいは蚕のはなれゆくにや

あつまりて亡きがらの仕末しをへたるわれらも酔ひて別れゆくなり

淡路島造船労働詠

船つくる旅にはづみてわれは行く鞄のなかに痔の薬もちて

脚おもく朝より疲る現図場にしばしききをり外の雨の音を

鉋屑たちまちみだれ気づきゐし敲釘《かうてい》ひとついづくに埋まる

電気ドリルの重きをかかへし老船匠がするどき音をたてはじめたり

大工らが峠越えくる阿万《あま》の山に道ほそしほそし草ばかりのなかに

昼休みのサイレン鳴りてまだやめぬ釘うつ音をわれはききをり

木材の乾燥率を検しつつ惜しきわが世の老にはあらず

ヘルメット脱げば眼鏡にだらだらと汗は雫をなしておちたり

降りいでし豪雨のなかにまぎれなくなほつづきをり金鎚の音が

機関《えんじん》を据うる心《しん》だす糸はれば老眼鏡のくもりをぬぐふ

諭鶴羽山《ゆづるはやま》のいただき見ゆる船首に来てしばしはいこふ木にまたがりて

終業のサイレン鳴ればあつらへし豆腐を思ひ帰り仕度する

復員兵もいくたりかゐて愛しもよ阿波讃岐淡路の船大工たち

板裂くるひびきするどし反射的にわれ机より立ちあがりたり

木の節が気にかかり検査するわれにどの節もすこし大き目に見ゆ

筋しろき豪雨にうたれびしよびしよに船は濡れをり外板《いた》張りかけて

あり経つつ妻も娘も船つくりわれの現場を見ることはなし

肋骨のたちそろひたる船型をわれ考察すある距離に立ちて

おのづからりずむをもてり掛矢にて木を打つ音は海にひびくに

このわざにひと世はすぎむ苦しみて流線型を説ききたりつつ

南方にてわが造りたる数百の船のその後などを誰か思はむ

淡路島詠

敦盛のむくろはここに焼きたりと島のひとびとみな固執する

この島に悶えもだえしあけくれか天子といへどもだえ死ににき

町のなかに避病院あり火葬場あり老の渡世とこの島に来し

宵はやく手漕ぎてもどる日暮らしの漁からうじて細りゆく部落

山のうへにいくきだの田を作るさへ溜池はなほその上にありて

天水をたのみて狭く田を作る惜しきばかりの溜池の数

炬口《たけのくち》、松帆《まつほ》、赤堂《あかんど》、養宜《やぎ》、笥飯野《けいの》、部落の名にて恋ひ思ひをり

潮ひきし渚にのこる玉葱のあたらしくして惜しきばかりに

花とぼしき土地に病みつつすすき穂の穂にでしひかりをひた思ひをり

看護婦をおこさむか氷とけきりて目覚めゐる夜半を風鈴鳴りぬ

をさなめの声きこゆなり『ねぶとうて、ねぶとうて』朝のわが塀のそと

わが塀のそとに焚火の音すなりたしかに藁の燃ゆる音なり

淡路島の五万分地図を貼りひろげ海のいろより塗りはじめたり

この島の船大工小屋に茂吉先生が立ち寄られしも永久に思はむ

牛われのつつがなかれと赤堂《あかんど》に詣づる牛よ人にひかれて

しづかなる命とおもふわがまへを道よこぎりて草にいる蛇

灯を消して月もささねばくらき海の水母はいかにわれは眠らむ

鳴門海峡

一発もうたず爆破されたる要塞にのぼりてわれら潮をたのしむ

双眼鏡にて遠き渦潮ながめむと松ヶ枝に掛くヘルメット帽を

渦潮をはさみて向ふ阿波の国みさきの上に家あかしひとつ

目にあてし双眼鏡にありありと渦に吸はるる板のごときもの

カンコ船漕ぎつつ釣れり一人にて渦ちかきところ潮にしたがふ

憲吉先生鳴門海峡をこの島にわたり来たりぬ二十六年前

高きよりうしほ見おろし人さけぶみな大袈裟に渦をいひつつ

退く潮のながれとまると息つめて見つめゐるまに逆流しはじむ

苦しみてアメリカ人に説きをれば WHIRL POOL と先方がいふ

蟹

躑躅のあかき花びらはさみもち蟹走りたり石橋のうへを

水に棲む蟹といへども親子にて雨にうたるる庭石のうへに

いそがしく鋏を口にはこぶ蟹よなにひとつなきかわく石のうへ

しづかなる石とし見れば走る蟻をつまみて蟹がたちまちに食ふ

勝ちたるはかくもありしかぎごちなく芝生をにぐる蟹を追ひつむ

蟹もろくつぶされてゐる道を来ぬかく殺されき人といへども

むれあそぶ蟹といへどもわが穴に入りくる友をゆるすことはなし

にげこみし穴のなかにていとけなき蟹がみじろぎそむるそのとき

野猿峠

長谷川、松尾、田中、坂本氏らと野猿峠に遊ぶ

バス降りてわづかにのぼる畑みち小鳥を食はむ峠の家に

友四人われをいざなふ峠みち若きは酒の罎をさげたり

鳥の肉焼くるにほひをうつしみの人間われはただにたのしむ

灰かぐらときに立ちつつ酔ひはやし友の墓ある街を見おろす

子を置きて来たりし君がわれわれに紙づつみよりパンをすすむる

雑詠・三

映画よりもどりし妻がもはらにもパン食ふさまをわれ傍観す

辛うじて人人生くるあけくれに友は夜おそく歌をもちて来ぬ

たかぶりて人ら群れゐる馬券所よいきいきとわが知らぬ世界あり

よそよそしく目をそらしたる外人を優越感と思ふはわれか

淡路にて夜中もききし風鈴が虫たえし夜のわが窓になる

ともどもに花びら食ひてくるしみしかの島にさへ人は盗めり

小使にせよと叔母よりもらひたるレザーをいかに処理するや蒼生子《たみ》

自動車のはげしきなかに荷馬車ひく馬のひづめの音はいそがず

新宿にゆきたる妻がデパートを二つめぐりてただ帰り来ぬ

ふみ読めるわがかたはらに息かけて妻は鏡をぬぐひはじめぬ

にこにことなりて困ると左千子いふ月給をもらひに立ちてゆくとき

ともどもに苦しき友が歌の軸を銭にかへむと相談にくる

事業にていよいよ富みゆく人いひぬ最早マルクス主義より興味もてずと

萌えそむる柳を駅のホームよりかくもたのしむ去年もしかりき

南米エクアドルへ行く話ありき、二首

エクアドルの地理をしらべて高き山火を噴く山のあれば心ゆく

スペイン語基礎一五〇〇語といふ本をいまだ買はねどあの棚にあり

声あげてあそぶ混血子供らのたらちねの母は若き日本人

ずんぐりと脚なげだして眠りをり昼は芸する象といへども

猫ゐなくなりしこの家をたしかむる鼠の族も冒険をせり

切符買ひて改札口をはひりゆく占領軍兵士三人のつれ

松の芽ののび放題にのびるさまは国の敗けたるよりすさまじく

父親と手をつなぎゆくをさなめのかぼそき脚のうごきをぞ見る

勤めよりおそく帰りてパン食へる左千子に外の雪つもるきく

柳の芽葉とととのひてわが待ちし春もやうやくさだまらむとす

手にとりて昔ながらの細ながき茶の紙袋をひとりたのしむ

お茶の水のひくき流れをくだりゆくごみ船の艫にをさなめひとり

若きらが潑溂とゆく街中に帽子かぶれり老われひとり

岡麓先生埋骨式

先生をひとりのみ知るわれながら三人の壺のうへに土おとす

御題　船出

かぎりなく海のひろきに船出するわがつくりたる鮪縄《しびなは》漁船

制限とれし太平洋に船出するああ独立日本の鮪漁業船団

天草島詠・一

昭和二十七年秋、天草島にゆき一ヶ月滞在す

この島の山を天皇越えにけり山より海を見放《みさ》けたまひき

蛍草咲く山みちにひるを鳴く虫きけばいのちあきらめがたし

そこすぎて秋日のなかのかなしみはかひこの糞のにほひかと思ふ

仲秋の月はあかるく照りながら夜なかにおきてひとり蚊帳をつる

蛾をおそふ空の雀のおこなひはもつぱらにして時のまなりき

切支丹を禁ずるものと信ずると殺しあひつつかへりみざりき

町山口川の流れせきとめし殉教者のむくろ数百千にして名をばとどめず

まれまれに雲ひとつなき空《くう》をゆく満月のおくの秋の夜の空

帰りきて宿の机のうすほこりもろ手にぬぐひ手を洗ひにゆく

白墨にあれゆく右の指先か日に日にあぶらぬけゆく老か

主力艦戦めざして心くだきたるわが艦政のほろびゆきし読む

歯のあはひにセメントのごとくかたまりしものもわが身かほろりととれぬ

遠浅のここを港に築きゆく小さき事務所が風のなかにあり

上島《かみしま》の海すれすれの道を走るバスはとほくにのろのろと見ゆ

若き母とそのみどりごと睦みをる窓見えて秋の空気すみたり

庭の虫何時《なんじ》ごろより鳴きそめん今宵ももはや降るごとき声

乳母車に幼子をりて狼のごとき猛犬がかたはらにつく

物かげよりあらはれし猫われを見ぬ見つつしをりて去りゆきにけり

道端に干したる粟の穂をたたくをみな老いたりあはれわが母か

くびかしげ二階のわれを見あげゐる鶏を縁なきものと思はめや

掃除せぬ部屋にかへりて服をぬぐこころたかぶることさへもなく

海見むとのぼり来たりぬ五年まへに来たりて掛けしこの大き石

革靴のならぶなかより一足のビロード靴をはきて宿をいづ

追ひぬきてバスはゆきたり海ぞひに蹄をならす馬車のなかのわれ

遠き鐘夜のあけどきにきこゆなりものにいらだつ音ならなくに

出のおそくなりたる月をのぞきに立ちそれよりおのれ腕に注射す

たはやすく人の指にて掘られくるかくそだちたる貝の過去の日

泥のうへの沙魚に近よる蟹ありて触れむとしつつややにためらふ
のぼりたる丘より雲仙岳を見ぬわれひとりなる心やすらに
船おろしの祝によばれわれはゆく御領村古里へ三里のみちを

雑詠・四

若鶏がはじめて卵うむときのこころさわぎを親鶏みめや

わが割りし毬藻に妻はものをいひつつ縫ひあはせをり青き糸にて

残業につかれておそくかへりたる子の顔ちさしビスラーゼ服《の》め

降りいでし夜を無為にをり葉のつきし林檎をひとつおける机に

をさなめが考へかんがへいふ言葉あめが天よりなにやらといふ

弁当に茶をかけて音さらさらと少女事務員ひるげしはじむ

おあづけにされたる肉を眺めつつ犬は一種の表情をせり

路地を来てわれは見たりき親におくれうつむきてくる幼女の顔を

坂道に下水の水がいきほひてながるるさまを見つつしくだる

柏餅食ひたる妻がわが分を食はむとしつつにこにことしぬ

ぬばたまの暗き夜なかに自動車のライトひとときわが窓にさす

しづかなる老ならなくに燐寸すりてもゆる炎をひとりたのしむ

富みたらひしたきことみなする人もあはあはとしてある夜眠らむ

海わたる鳥が疲れて浪のうへに墜落しゆくさまをわれ見ず

塀のそとに汚穢桶たかく積まるるは運といふべしやわが家にあらず

夏も冬も兵隊服にゐるわれは好き勝手なり友よあはれむな

偽装しつつ日に日にはなれゆくこころ身近にありてわれ観察す

上つ毛の栗をもらひぬ住みゐつつただひとつだに食へざりし二年

占領軍兵士の似顔をかきてゐる画学生のなかにをとめごひとり

すねながきをとめごのゆく朝の道まなこあがらずわれもゆくなり

ジエット機が空にゑがける輪のけむりうすれゆくまで立ちつくしたり

朝からの火ですと妻がかきたてし火鉢に火あり四月八日の夜

からまりて育ちゆきつつけだものの子猫は親よりいつはなれゆく

混血孤児らも今日学校にあがりたり腕あげて列をつくりつつあり

けだものの犬をし見れば食ひ足りてのこしし飯をはやかへりみず

まはり道してわが帰るなり鉄板に葱焼きて売る娘のまへを

噫斎藤茂吉先生

かなしみにのみどつまりてきさらぎのつめたき雨の道をあゆめり

門前をとほる童子にきかれたり『寝てて死んだのか』とわれきかれたり

赤彦に千樫百穂憲吉につぎつぎ死なれ老いたまひけり

ひたぶるに赫怒されたるとほき日のまざまざとしてうつしみはなし

アララギ発行所の表札をぬすみ来て君が字のうへを撫でつたのしみつ

ドウナウを船にくだりしさかんなるよはひ思ふに人は死にする

ミュンヘンの冬をブリキの湯たんぽにたへつつつましく君は学びき

『たましひはながるるもの』とのみをしへはひとつおぼえにて常あたらしも

人麿の歌のいのちに没入しつつ大きかなしみをやらひたまひきや

『船舶の神なれば君は死なず』とてふたたび海にわれをはげましき

先生よりの『軍事郵便』をかくしたる袋背負ひぬ俘虜なるわれは

わが妻が君にひとたびまみえたるをいくどもききぬ生き帰還《かへ》りきて

みちのくの訛りにわれをはげましし君がこゑなしうつしみのこゑ

うつしみはしだいしだいにあはあはとなりたまひしやその鰻さへ

みづからの戒名書きて黙読しあるときは低く声に読みきや

あかあかといのちもえつつかがやきし生といへども死にたまひけり

あぶらだち燃えたる茂吉先生も息せぬ顔をゑがかれにけり

雑詠・五

ややしばらくわれを見つめてゐし鶏がまぶたをとづるところを見たり

王冠をすこしななめにいただける王をみなにて夫君にほほゑむ

ひざまづきて母に忠誠を誓ふ父のさま王子をさなくこれを観たまふ

ひとところ苔をやしなふ庭せまく物干してあゆむ三穂子あぶなし

羽根ぬきてすてたる蝿がいつまでも土に動かずうごくまで見る

わが捨てし羽根なき蝿が雨にうたれ土に動きをり二日ばかりののち

ナイターより帰りし三穂子がもそもそと蚊帳のそとにてパン食ひはじむ

わが知らぬ株の世界に心くばる蒼生子《たみ》いきいきと新聞をひらく

さかな焼く匂ひそれぞれにことなるもあはれなりいまは鰤焼くにほひ

徳利に酒のぬくまる道程はただ物理的のことわりなりや

一日の暮れんとしつつ溝泥のどぶ水きほひ流れゐるなり

ヘリコプターいまにもおるる姿勢にてなかなかおりず飛び去りにけり

珠算をはげむ子供の声おこるたちどまりきく珠はじく音を

あわただしく走りすぎたる下駄の音につづく音なしま夜なかにして

松葉杖の母にしたがふをさなめがときにたどたどと母の前に立つ

もらひたる株券といふをひろげ見ぬなにになるのか実感とならず

伊勢の海の空飛びて来し蒼生子《たみ》の話空より見たる日本の海のいろ

貝さがしアラフラ海のうなぞこを曳かれゐるさまをその妻思へや

路地をくれば幼き姉が弟を背負ひて走る競争をしをり

孤りゆくわれと思ふに石垣に日に照らされて青き苔あり

わが知らぬことわりありて青き樹に青き実がなりて冬に向ふかな

おのづから弱くなりぬと羽黒山敗けてかへる日ひとり思へや

いにしへも銭ある人をたふとみぬ仏となれば名もながかりき

御題　林

松根油とりたるあなのなほのこる林に松の苗そだちゆく

醒ヶ井養鱒場

河村、上田、礒崎氏等同行

伊吹山どつしりと形まづくして見るからにただ重き感じなり

雄魚にそひておよげる雌の鱒はまるみをもてり清き水のなかに

稚きは魚といへどもとどのはず体をくねりてばらばらにおよぐ
餌の音に流れとなりて走りくる魚はさながらに人の群集なり
山水のきよき流れにかたよりて病む鱒のひれしづかにうごく
人工餌料によりくる稚魚らをみつむればあるものはすでに死にて浮きをり
さざれ石に影おとしたる鱒のむれものに怖ぢたるおよぎにあらず

おほらかに泳げる鱒はあはれにて鼻さき丸くおろかにも見ゆ

わが心まこと素直に病む魚に注射針さす話をききたり

冷水にそだちて親となる魚のたまごもつさへたはやすからず

人の手に腹をおされてしぼらるるたまごはすがし無精卵のままに

水ちかくとびくる虫を水中よりねらひゐるとも思ほえなくに

虹鱒は飼はれて安くおよぐとも生みたる稚魚を見ることはなし

心さとき走りおよぎも見しものをうす赤きなまの身を食はむとす

山かげに自家発電の鉄管ありしたしきものか低き落差も

山川のここに孵りてそだちたる鱒のたまごををとめ子と食ふ

かなしかる生きをも見たり鱒くひてうましとすでにあやしまなくに

この峡に夕立きたりびしよびしよにぬるる渓川おもほゆらくに
いきほひてここに瀬となりはしりゆく水はふたたびのぼることはなし

彦根の河村純一氏宅にて、二首

われひとり朝より酒をのみてをりあるじはのまぬしづけさのなかに
みどり児の泣くこゑきこゆ離れのほかわれの知らざるおも家のかたより

雑詠・六

のぞみなき子はかへりみずと簡単にいへどもそれはけだもののこと

人力車が駆逐されゆくありさまも利害のそとにわれは見たりき

油にてものを煮て食ふこころみにいかなる人の思ひつきしや

あが妻はこころたぬしきやもの食ひてわれを小僧さん小僧さんと呼ぶ

靴下のでんせん病をかがりゐる左千子をのこしわれは眠らむ

この路地を横切らむとしむきむきに赤はだかにて蚯蚓凍れり

高山の岩にこのみてすむ鳥も孵りし雛の口あくる見む

おのづからときを過ぎたる猫二匹しづかにてかへりみることもなし

マニラにて死刑となりし将軍を嫉みつつかく老いゆくわれか

湯よりあがりて汗のしづまるひとときはわれの心もゆたけきににつ

同類といふ語もわびし軒なみに寺なる道をわが帰り来て

擦れたるマットちひさしうつしみの陛下ふみつつおりて来たまふ

ひげ少しのびていませりぢきぢきのみ言葉ちかしわれにむかひて

丸まるとみちふくれたるアドバルンのぼりゆく見つつ道まがりたり

まなことぢ目をやすめゐるしばらくの時間なりけり事務の机に

勤先を語る子の声にひびきあり音きよしマルカイ、マルカイといふ

おのが部屋を持つをねがひて働ける子が朝ゆけば窓より眺む

みどり児がもはらに乳をすひてをりあたたかからむその母の乳

遭難日五月八日は今日なれど妻子らにももはや新鮮感なし

そこはかとなく疲れのしるきわがからだ老いつつ指の疣《いぼ》おほきくなる

戦ひにやぶれし日よりか知らねどもわが大君はわたくしといふ

元和元年大阪城落ちて家康は一方的の審判をせり

原爆にたふれし人の碑の面にあやまちはくりかへさずと生きたるが刻む

勝ちたるが敗けしを縊りころしたり敗けたるわれら声のめるのみ
それぞれに世にのぞむらむ娘らにわれは日に日に影がうすくなる

天草島詠・二

昭和二十八年秋、天草島にゆき一ヶ月滞在す

こはれたる万年筆をもちていづ目薬さしにインキを入れて

わが船を追ひぬきてゆく船のあぐる波のありさまを観察しをり

富人の犬にまづしき人の犬綱を曳きつつ寄りてゆきたり

松の木のまだ稚くして松風のかすかなるをばききゐたりけり

音たてて蚕が桑を食むさまはひたぶるにしてわれ音をきく

屑鉄を少しばかり土間にならべたりたはやすく人は生きうるらむか

さにづらふをとめの赤ききぬ着れば案山子といへどときめくわれは

をとこらの宴にまじれるをとめ子の声ぞきこゆるただ笑ふこゑ

髪の毛のつまめるほどにのびたるをしみじみつまみゐるのみの夜か

音たてて蠅ががらすにつきあたりわれひとりなる秋の夜の更く

踏板をあゆみて船よりあがりくる兄もをさなし小さき下駄もちて

土堤の道をただひたすらに犬はゆくわれはゆつくりゆつくりあゆむ

大きなる網のしんよりあわただしく網ゆさぶりてにぐる蜘蛛あり
眠りたりて朝めざめたる雀らははしやぎてやまず樋に音たてて
この朝を軒ばにさわぐ雀らに老いしもあれやその声のなか
清き水がけより落ちて川にいる惜しきばかりにすぐ海にいる
ちろちろと田のくろにそひて水ながるるきけばきこゆる音はなにより

計算器の音きこゆなり割り算かちんと鳴りたりひとつその音

わが手にてこはされし巣をあきらむる蜘蛛があきらめきるまで見つむ

小半日蜘蛛をいぢめてあそびたり蜘蛛はただ死にしふりをつづく

その妻がゴムのタイヤに鏝あつる修理屋の妻子を負へる妻

戦闘帽にたてる案山子よときのまと戦ひさへやわれもすぎゆく

日のもとにくれなゐ燃ゆる唐辛子なにはばからぬくれなゐのいろ

若きより旅にひと世をかくありき宿の小さき膳にひとり食ふ

宿にかへりてわれのしたしむ庭の巣に蜘蛛はつれあひてゐることはなし

川岸の機帆船より音きこゆこすりて箸をあらふ音きこゆ

たけだけしくわれを憎むな蚤とり粉ふとんにまきてよるは眠るに

夕べゐて夜《よる》はねむりに帰るにやわが親し蜘蛛朝は網にゐず

よきひとの着物をほむる子守歌肥後のやまふかくうたひつぎたり

家鴨らがいまにごしたる浅きながれの澄みゆくまでを橋より去らず

いのちなきすがたといへど生章魚《なまだこ》はだらりと秤《はかり》にぶらさがりたり

松風のなかにきこゆるかぜのおと楠の葉になるそのかぜのおと

いまいでしばかりのすすきこの山にひとり身やすく息つきにけり

音のする繭は乾燥ずみなりとさうかもしらねどわれは待たむぞ

峠みちほそくなりたるゆきずりにわれにいななくはだか馬のこゑ

野良猫となりゆく猫の道程をものを食ひつつ想像したり

うひうひしくすすき穂たるる道ほそし背中を見せて童子ゆくなり

わが靴の音もさびしき杉山に父と子とゐて杉の苗を植う

いだかれて声ころしゐるをとめごに動悸してをりわれは隣りに

物体と台に売らるる魚の族まぶたとづればあはれなるべし

尾をたれて負けたる犬がなきながら走りてゆくはいづこなるべき

雑詠・七

子をはなれ老いたる象がやまふかくすがたをかくしゆく映画見き

疎開中に三穂子が飼ひし兎の子つぎつぎに死に三穂子すてにゆきぬ

遺されし姉妹みたりがさまざまな運命にあふ小説よみぬ

娘には父のおよばぬ運命ありそれをかなしむのみにもあらず

銃剣にいましめられつつゆきし道老いたる俘虜のわれが汗嘗む

うつしみのつひのちからとひたぶるに間貫一は銭をためたり

照るごときいろにならべる富有柿を猫はゆきつつかへり見もせず

掛けられし都電にまなこつむりをりいままがりつつあるはひだりか

見あげたる丸ビル七階の窓にみゆ少女事務員の顔ちさく見ゆ

はげまさるる兄もをさなししつかりと門辺におくるをさなめのこゑ

ほんとだとおのれ納得することばこのをさなめはひとりものをいふ

後　記

歌集『ララン草房』は『桃園』につづく、私の第九歌集である。第一部の「念願」から「降伏前後詠」までの四百四首は、戦争時代の作品である。これは六、七年まへに『篠の芽』と題して鎌田さんのところから、出版することになつてゐたのであるが、当時は占領軍の威力が強く、検閲の比重も見当がつかず、のびのびになつてゐたのである。第二部の三百三十七首は、昭和二十六年から二十八年までの作品である。発表は二十九年いつぱいにわたつてゐるが、作つたのは二十八年までのものである。

私のよき友人のなかには、私のこのごろの歌がおとろへたと気をもんでくれる人もある。一言でいふと『海峡』時代の張がなくなつたと、あんじてくれる。私はそれをまことに忝く感謝してゐる。が、私にはこれでも、いささか信ずるところがあるのである。赤帝集時代から、竹院集時代、海峡時代を経て、『岑』『桃園』とそれぞれに成長して来てゐる。私は万年少年や万年青年ではありえなく、歳とともに流動しつつある。ただその流動のしかたが問題であつて、戦後の度ぎつい人たちのこのみにあはないといはれればそれまでのことである。それはそれとしても、とにかく作品はごらんのごときものであり、批判は彼方のものである。

装画はすべて二科の会員山崎省三氏の現地に於けるスケッチで、「射撃する女兵」と「マラッカの荷車」と私の姿である。山崎氏は報導班員として出征してゐたのだが、不幸にも仏印で戦病死された。いまは哀しい記念となつた。また装幀はすべて鎌田さんにまかせてゐる。私は出来あがりをたのしみにしてゐる。

昭和二十九年　仲秋　　　肥後の国天草島にて

橋本德壽

解説

加茂信昭

『ララン草房』は橋本德壽の第九歌集である。二部からなり、第一部は昭和十七年に渡南、軍属として造船に従事し、敗戦後のレンバン島での抑留生活を経て、昭和二十一年二月十二日に祖国に帰還するまでを詠んだ四百四首が収められ、第二部は群馬県磐戸村での蟄居生活を経て、帰京して二年後の二十六年から二十八年の三年間の作品三百三十七首が収められている。

昭和十七年五月二日、橋本德壽は広島県の宇品港から大洋丸に乗船しシンガポールに向かった。シンガポールにあった造船会社永福産業の再建にかかると共に、祖国の存亡を賭けた米英との戦いに勝利すべく、自らの造船技術をもって貢献しようという強い意思からであった。

むざむざとわれはゐがたしほのほだつ心は衝かるきのふもけふも

世にたちてひと筋と来し船つくりわれにわざあり活きよこのわざ

しかし、八日午後七時四十五分東シナ海を航行中の大洋丸は米潜水艦の魚雷攻撃を受け、まもなく沈没してしまった。徳壽はわずかにボートで逃れ、翌九日の十時にようやく駆逐艦に救助された。乗員千五百名のうち、助かった乗員は五百名であったという。

ただよへる海しらじらとあけきつつよみがへるわが命を感ず

のぼる日に照らしださるる浪のうへただよふははた人かむくろか

わが家に目ざめしはわれか切実に声をむさぼる雀のこゑを

娘らのかひな六本なびきあへりいきてかへりし家におぼれぬ

昭和十七年七月十七日、徳壽は再びシンガポールを目指し、昭浦丸に乗船し宇品港より出発した。

老いづきていでゆくわれか日本の赤児のこゑをしみてききをり

※後年作者は下句を「あかごの声にたちどまりたり」と推敲した。

途中よりひとりかへりて送らざりし妻は最後に笑顔をむけぬ

八月八日にシンガポールに上陸、直ちに永福産業の再建にかかると共に、軍属（大佐級）として、マレー半島各地に出張し、造船所の建設に取り掛かった。また昭和十九年には戦局の悪化する中ボルネオ等にも飛び、現地の造船所を技術指導をして回った。こうした死と隣り合わせで且つ多忙極まる日々の中から、次のような記憶に残る作を生み出している。

右足の軍靴のなかに骨しろし蟻二三匹はひまはりつつ

この骨のたらちねの母も世にありて乳房をふくむ頭を撫でしもの

ニッポン、ノ、シキ、ト、コドモといふ文字は読むよりはやく心にこたふ

整然と立ちならびたる木の墓標うまれし国のかたを見むかず

この夕べしみじみ見れば南十字星の枠にかこまれしなかにも星あり

昭和二十年になると戦局はいよいよ逼迫し、七月以降は、南方軍は玉砕態勢になったという（短歌研究文庫　橋本德壽歌集年譜より）。德壽等軍属も敵軍

の上陸を想定して、爆弾を抱いての突撃訓練に明け暮れた。

草原を匍匐《ほふく》前進するわれの鼻のさきより蛙とびたつ

小休止する草山の草のうへ水筒の口に風が鳴るなり

昭和二十年八月十五日、日本は無条件降伏、徳壽等は八月十八日に昭南軍司令部の庭で、参謀長綾部中将から降伏を知らされた。

あしたより雨ふる空に日本機一機飛びをり涙とどまらず

九月五日、英軍の命令でシンガポールを退去、以後転々と移動を命じられる。

敗戦といふ感じなく軍うつる荷物のなかに老いわれは立つ

九月十二日から十一月二十七日までレンガム島で俘虜生活、十二月一日にはレンバン島に着き、翌年一月二十九日に帰還の命が出るまで、筆舌に尽くしがたい更に苛酷な俘虜生活を強いられた。

ララン草干して敷きたる夜のわれのよろこびは勝ちし敵知らざらむ

おのが脚たのむよりなき俘虜の道針一本の重きをもすつ

小流れの底にしづみし飯つぶを見つめてゐたり惜しきひとつぶ

人におくれて重き木を負ひ立ちあがりあゆめば歩みいだす影あり

出征から祖国帰還までの四年間、徳壽は危急存亡の秋を迎えた祖国を救うべく、精魂を傾け自らの責務を全うした。明日の命さえわからない俘虜生活の中でも自暴自棄に陥らず、生きる意志と希望を持ち続けた。その強くひたむきに生きる姿は、ここに挙げた作をはじめとする一首一首に確かに息づいており、人の心を深く揺さぶるものがある。

第二部は前述したように昭和二十六年から二十八年までの三年間の作品が収められている。群馬県磐戸村での蟄居生活から東京に戻り、歌人としても木造船技師としても再出発の時期を迎えていた。

筆者は徳壽の歌業の第一のピークを『海峡』とするならば、第二のピークを躊躇なく、昭和三十年の芸術院賞受賞候補作にもなったこの『ララン草房』としたい。四年間の戦争体験を経た徳壽の自然や人間を見る眼はいよいよ深化の度を加えたことが、日常生活を題材にした次の作品から十二分に察せられる。

今宵しもわが身死すれば音もなく来たりて猫は吾を見るらむか

寒天がかたまりてゆくしばらくのうつつのさまをわれは見てをり

わが岳父《ちち》のいまは冷えゆくからだよりあるいは蚤のはなれゆくにや

しづかなる命とおもふわがまへを道よこぎりて草にいる蛇

水に棲む蟹といへども親子にて雨にうたるる庭石のうへに

この島の山を天皇越えにけり山より海を見放《みさ》けたまひき

若鶏がはじめて卵うむときのこころさわぎを親鶏みめや

しづかなる老ならなくに燐寸すりてもゆる炎をひとりたのしむ

ややしばらくわれを見つめてゐし鶏がまぶたをとづるところを見たり

孤りゆくわれと思ふに石垣に日に照らされて青き苔あり

わが知らぬことわりありて青き樹に青き実がなりて冬に向ふかな

山水のきよき流れにかたよりて病む鱒のひれしづかにうごく

第二部の特色として、家族や市井の人々の生活を詠った作が多いことが挙げられる。そして筆者はこれらの人々に向ける温かい眼差しの籠もる次のような作に、徳壽短歌の新たな進展を見る。

をさなめがあそばないよといふ声すいはれたる児の声はきこえず

お茶の水のひくき流れをくだりゆくごみ船の艫にをさなめひとり

若き母とそのみどりごと睦みをる窓見えて秋の空気すみたり

柏餅食ひたる妻がわが分を食はむとしつつにこにことしぬ

川岸の機帆船より音きこゆこすりて箸をあらふ音きこゆ

『ララン草房』を読むと、橋本徳壽という希有な歌人の等身大の人間像がはっきりと見えてくる。これこそが本書が読者を引きつけて止まない最大の理由と言って良いのではないか。とりわけ敗戦後の俘虜生活を詠んだ作品群から窺われる、どんな苦境に置かれても希望を失わず、常に前向きに生きようとする姿は深い感動を与えずにはおかない。

折しも今年は戦後七十年、時代の激動に翻弄されながらも強靱な精神力を以て生き抜いた個の実体験を、優れた作品に昇華させ普遍化し得た本書を読むことは、決して無意味なことではあるまい。

平成二十七年三月

橋本徳壽　略年譜

明治27年　9月10日横浜市南太田にて父徳松母やすの長男として生まる。

大正2年　19歳　7月農商務省水産講習所助手として奉職。

大正7年　24歳　前年9月より土岐哀果先生の校閲を経て第一歌集『船大工』を自費出版する。

大正12年　29歳　2月群馬県磐戸村の佐藤量平三女、たけと結婚。

大正13年　30歳　1月長女蒼生生まれる。

大正14年　31歳　5月古泉千樫著『川のほとり』を読み入門を決意。
8月3日千樫先生を訪ねて入門する。

大正15年（昭和元年）32歳　3月次女三穂生まれる。
5月千樫先生のもと門人達と共に青垣会創立。

昭和2年　33歳　8月11日古泉千樫先生逝去。「青垣」を千樫追悼号として創刊（11月号）した。

昭和4年　35歳　9月三女佐千生まれる。

昭和14年　45歳　5月大日本歌人協会より第一回作品賞を受ける。

昭和17年　49歳　5月5日渡南すべく宇品港より大洋丸にて出発、大洋丸5月8日敵魚雷にて沈没、無事生還。

7月17日再渡航。

8月8日シンガポール上陸、軍属（大佐級）として木造船建造のため昭和20年の終戦まで任務につく。

昭和20年　51歳　8月終戦、シンガポールよりマレー半島レンバン島に追われる。

昭和21年　52歳　1月29日日本への帰還許可が出る。1月31日レンバン島出航。

2月12日浦賀に上陸。

2月15日家族の待つ群馬県磐戸村に帰り着いた。

昭和22年　53歳　戦時中休刊していた「青垣」3月より復刊す。
昭和24年　55歳　前年疎開先の家が類焼。家族と共に東京中野区桃園町へ転居。
昭和27年　58歳　12月中野区上高田二丁目に移居した。
昭和28年　59歳　明治神宮の明治記念綜合歌会常任委員を委嘱される。（以来毎年委嘱され平成元年に到った）
昭和32年　63歳　1月四国ドック㈱東京事務所長となる。
昭和39年　70歳　8月四国ドック㈱を退職。
昭和40年　71歳　海の記念日に運輸大臣賞を受ける。長年調査研究をつづけた長稿「土屋文明私稿」の執筆にかかる。
昭和41年　72歳　1月宮中歌会始、選者を拝命、御題「声」
昭和42年　73歳　1月宮中歌会始、選者を拝命、御題「魚」
昭和48年　79歳　天草本渡諏訪神社社務所に「橋本徳壽記念室」が設けられる。
昭和50年　81歳　9月第二回短歌研究大賞（若山牧水短歌文学大賞）を受く。

昭和52年　83歳　7月脳血栓にて入院。8月退院。
昭和53年　84歳　この年長稿「アララギ交遊編年考」執筆つづく。
昭和55年　86歳　3月肺炎にて中野病院に入院、のち静養につとむ。
昭和58年　89歳　4月入院の竹内病院を退院。
昭和62年　93歳　青垣新年会に出席。以降他出せず。
昭和63年　94歳　11月5日、たけ夫人死去。
昭和64年（平成元年）　1月7日天皇崩御。
　1月15日94歳4ケ月の生涯を終る。

橋本德壽著作控

歌集 船大工	大正7・6	東雲堂
歌集 太石集	昭和6・5	青垣会
歌集 赤帝集	昭和8・9	青垣会
歌集 竹院集	昭和11・5	青垣会
古泉千樫とその歌	昭和14・11	三省堂
歌集 海峡	昭和15・12	八雲書林
吾が歌論	昭和16・8	墨水書房
歌集 流域	昭和18・11	八雲書林
萬葉襍記	昭和19・3	墨水書房
歌集 岑（みね）	昭和22・12	札幌青磁社
自註 海峡	昭和23・3	講談社
雲かがやけば希望あり	昭和25・2	改造社
歌集 桃園	昭和26・8	長谷川書房
歌集 ララン草房	昭和30・3	白玉書房
自選歌集 日本列島	昭和30・7	白玉書房
現代秀歌	昭和31・12	春秋社
作歌の基調	昭和36・2	武羅佐岐発行所
歌集 虚（そら）	昭和38・7	短歌研究社
素馨の花	昭和39・11	青垣発行所
歌集 黒（くろ）	昭和46・11	短歌研究社
天草日記	昭和49・2	天草諏訪神社社務所
自選歌集 橋本德壽歌集	昭和49・5	短歌研究社
土屋文明私稿	昭和50・12	古川書房
赤帝漁屋詠草	昭和52・9	至芸出版社
水上日記	昭和54・12	至芸出版社
新輯作歌の基調	昭和56・1	至芸出版社
復刻判歌集 船大工	昭和57・6	至芸出版社
アララギ交遊編年考・㈠（古泉千樫私稿）	昭和57・11	至芸出版社
アララギ交遊編年考・㈡	昭和58・9	至芸出版社
アララギ交遊編年考・㈢	昭和59・10	至芸出版社

自註　海峡（再版）　平成13・5　短歌新聞社
歌集　黒以後　平成18・1　至芸出版社
歌集　黒以降全歌集　平成20・2　至芸出版社

○

木造船と其の艤装　昭和15・12　漁船協会（海文堂）
日本木造船史話　昭和27・9　長谷川書房
木　船　労働省
木造船　昭和29・5　日刊工業新聞社
木船現図法　昭和29・7　海文堂
日本木造船図集　昭和31・10　海文堂
船舶の速力と馬力の概算法　昭和33・9　成山堂
現代木船構造　昭和35・1　海文堂

○

その他に編著、関係書二十数冊あり

歌集 ララン草房

平成27年7月10日　発行

著　者　橋　本　德　壽
編　集　青　垣　会
〒294-0051　千葉県館山市正木1366-2
発行人　道　具　武　志
印　刷　㈱キャップス
発行所　**現代短歌社**

〒113-0033　東京都文京区本郷1-35-26
振替口座　00160-5-290969
電　話　03（5804）7100

定価2500円（本体2315円＋税）
ISBN978-4-86534-102-7 C0092 ¥2315E